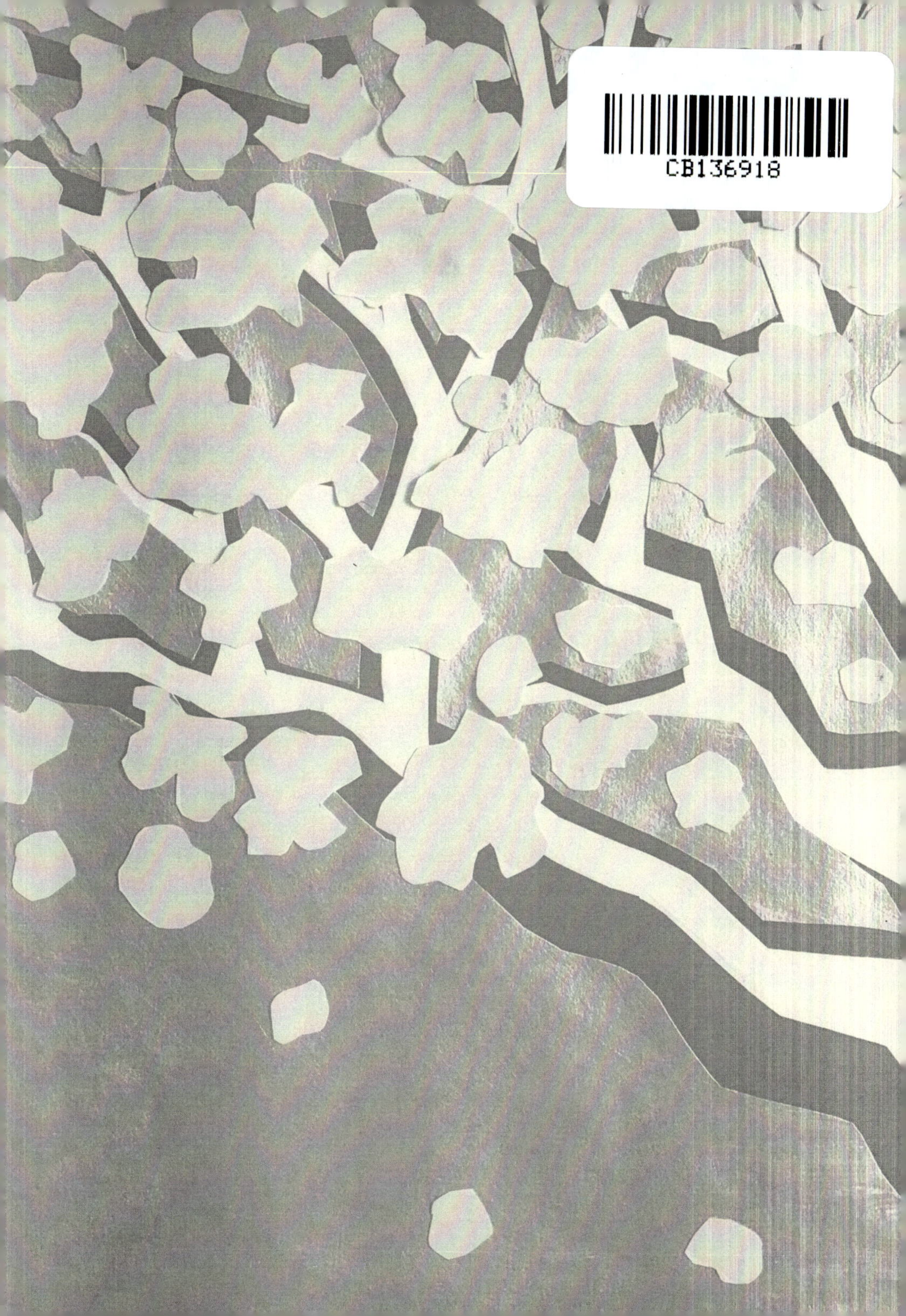

Sendas Edições
2021

Por quem os ipês sofrem

Denise Mazocco

coordenação editorial
Sálvio Nienkötter

editor executivo
Raul K. Souza

editores-adjuntos
Daniel Osiecki, Francieli Cunico

revisão
Ronald Monteiro

capa
Cintia Belloc

projeto gráfico
Paula Villa Nova

produção
Cristiane Nienkötter

ilustração
Leonardo Bora

Dados Internacionais de Catalogação na Publicação
(CIP)
Angélica Llacqua CRB-8/7057

Mazocco, Denise
Por quem os ipês sofrem | Denise Mazocco
Curitiba: Sendas Edições, 2021.
96p.

ISBN 978-65-89624-08-0

1. contos brasileiros 1. Título "Por quem os ipês sofrem"

CDD B869.8

21-0921

Sendas Edições
Rua das Cerejeiras, 194
82700-510 | Curitiba/PR
+55 41 3585-5161
www.kotter.com.br | contato@kotter.com.br

1ª edição
2021

À Deise, Letícia, Marcella e Teca,
primeiras leitoras das prosas domingueiras.

Sumário

Prólogo

Choram os ipês, flores atropeladas

1. Por quem os ipês sofrem

Trinta graus em agosto floresceu um ipê ansioso, que foi na deixa do sol. Tão logo nublou novamente, os ventos tremiam seus galhos. Persistente.

Todas as manhãs, de segunda à sexta, ela abria o portão da casa e atravessava a rua onde ficava o ponto do ônibus que a levava ao trabalho. Prestava atenção apenas no sinal de pedestres – aval para chegar ao outro lado. Caminhava, olhos baixos, com três feridas.

Naquele dia de agosto, porém, ela reparou no ipê. O amarelo das flores a despertou, enquanto o sol se recusava a anunciar o dia tão cedo. Tremia de frio. À noite, quando ela voltou, continuava de pé, com a diferença de algumas flores murchas ao chão. Lhe pareceu forte. Ela trancou-se em casa, deixando-o à sorte da noite. Mas a madrugada abriu o portão da casa. Estava com os braços arranhados – espinhos. Trazia um cinto amarrado ao pescoço, tentou pendurá-lo no ponto mais alto do ipê, o galho quebrou. Voltou para casa covardemente aliviada.

No outro dia, mesmo trajeto, mesmo ponto, o ipê teimava com o vento frio tentando segurar as flores. Ela as via por cima do cachecol, que só não lhe cobria os olhos finos – o feixe amarelo que lhe chegava antes que o sol. À noite, esbarrou com o ombro no ipê, como se ele lhe obstruísse o caminho. Deixe-me ir, preciso... vou por aí... rir pra não chorar... Cantou para ele, muda. A madrugada lhe deixou à vista uma lâmina afiada. Correu para o ipê, cortaria pulsos, segurou suas mãos. Mesma força que prendia flores.

Na manhã seguinte, saiu; à noite, não voltou. Esperou a madrugada. Que lhe trouxe a passos tortos, embriagada. Apoiou-se no ipê. Ao sustentá-la, balançou. Ela era mais pesada que o vento. Havia algo dentro, não suportava mais, queria terminar, esvaziar-se, sumir-se dela... Dedo na goela: vômito. Aos pés do ipê. Comida, ácidos, pílulas, gotas, cápsulas, drágeas. Comprimidos, expurgados. Fechou o portão e murchou-se em casa.

O ipê a esperou por três dias. Ininterruptos, na cama, sozinha. Só saiu porque uma hora tinha. Passou por ele, escondeu o rosto, sem mirá-lo, sem seiva. Voltou, madrugada; nua, sob uma capa de cansaço. Caiu em seus galhos – poderia ser um beijo, qualquer estalo. Ele reparou três feridas: o amor, a morte, a vida. Adormeceu.

Uma flor, amarela, pousou sobre ela e derramou o pólen. Engoliu aquilo, que de pronto, num trilho, encontrou naquele corpo o que germinar.

O ipê podia respirar – o vento mudou de lado. Ela despertou em outros galhos, talvez braços, que lhe diziam em laços:

Ora já, poderia ser primavera. Graças a um ansioso ipê.

2. Seu maior pecado

Roubar flores. Seu único delito. Único hábito desonesto. Única infração que poderia enquadrá-la como "fora da lei" – seja a dos governos, a das igrejas, a dos quintais – em todos os anos de sua vida. Embora não se saiba de fato quantos são seus anos de vida. É certo que passa dos sessenta. A casa do morro tem uns quarenta... a de baixo. A de cima, um pouco menos, menos que o menino, que a ajudou a construir.

Não tinha quintal. Varreu quintais por muitos anos nas casas onde trabalhou. Agora não podia mais cuidar de quintais. A aposentadoria mal dava para a comida. Na entrada do banco, onde recebia, tinha três floreiras com flores coloridas, que murchavam a cada final de estação. Ela roubava de lá, as pequenas, mais frágeis. Mas ali tinha medo que alguém a visse. Tinha medo, desde que lhe roubaram a poupança. Foi vingança do banco, pelas flores – ela achava.

Roubar o banco era seu ato mais corajoso, digno de filmes de faroeste, só que sem cavalo. Corria esse risco todo o mês, por causa das flores. Carregava sempre uma sacola de feira, remendada. Nela, disfarçava todas as flores que colhia escondido pelo caminho. Há algo nelas que cativa, acolhe, que a faz querer todas para si. Livres dos canteiros. E dos muros. No muro da escola – umas quadras da sua casa –, uma árvore pende seus galhos floridos para a rua, quando é época. Às vezes, alguém poda, daí não dá para pegar as flores. A árvore é da escola, mas as flores estão na rua. Então, não tem problema roubar essas. Afinal, da rua, qualquer um pode pegar, não é? Seu vizinho pegou um gato da rua. O bicho tá sempre por lá. O menino também gostava de gatos. E de flores. Foi dessa árvore da escola que ele lhe trouxe a primeira flor. Roxa. Ele era pequeno, e era Dia das Mães. Ela pôs num copo com água, mas logo a flor murchou. Ele prometeu que quando crescesse iria trabalhar e lhe comprar todas as flores do mundo.

O menino gostava de brincar na praça. Outros meninos também brincavam lá. Também tinha flores naquela praça. Davam em arbustos. Quando ela era moça, aquele lugar era um terreno baldio. Só mato, ao invés de flores. As de agora ela roubava. Sem dó do lugar que lhe roubou, há muitos anos, a coragem de enfrentar os homens.

A casa do dono do bar tinha um quintal – um dos poucos do bairro. Com rosas. Era difícil encontrar rosas pelo bairro. Do lado do quintal, era o bar. O menino trabalhou lá. Todo início de mês, dava a ela dinheiro para as flores. Mas a mãe não gastava com elas, guardava numa caixinha atrás da santa, que depois o próprio menino pegou. Preferia roubar as rosas, mesmo com espinhos. Os arranhões não machucavam. Machucaram o menino.

Da Igreja, ela ganhou as flores, quando enterraram o menino. Eram as mais bonitas, as da Igreja, que o padre cuidava. Desde então, não resistiu, e passou a roubá-las também. Menos nos dias santos. Mas não revelava o crime nas confissões. Sentia-se, pois, perdoada, quando o Francisco de madeira lhe piscava lá do alto.

De sua sacola de feira florista, levava as flores diretamente para o túmulo do menino. Menino, que lhe haviam roubado... Era o seu quintal, como redenção de seu maior pecado: roubar flores – ela achava.

3. Sociedade Protetora

Pegaram ela por trás. De noite. Pela frente, revidava, rosnava. Rosnava de manhã. À noite era mais fácil, já tava entorpecida pela cidade. Só gritou, grito que aguda no atrito com as pontas dos caninos. Desmaiou. O corpo deformado no paralelepípedo ordenado.

Madrugada, um poste solitário lhe confundia a lua cheia. Agarrou-se nele para levantar. Quis contar o que havia acontecido. Olhou direto na luz – impiedosa, lhe ardeu os olhos. A palavra saiu um uivo. Sim, era uivo. Grito não sai do ventre. Uivo sai, do ventre que enche. Podia uivar, igual das outras vezes, não se surpreendeu.

Dá mais fome agora. Tem que andar de palma erguida e fuça abaixada. Tinha faro para as lixeiras. Esforça os passos enquanto sente crescer a bola da barriga que quer ultrapassar as curvas das costelas. O peito incha. Há tempos perdeu a conta de quantos peitos tem. Mas sabe a diferença entre seio e mama, mama incha pra fora, seio esvazia pra dentro.

Tem que a achar a porta colorida de pintura descascada. Que nem da outra vez. Lá tem ração e pode deixar uns deles.

4. Quando o azulejo ficou amarelado

O nome dela... Não lembrava. Havia tantas delas. Mas, ao mesmo tempo, ela era uma só. Dedicava-se ao banheiro. Era sua função, desde que começou nesse trabalho. O lixo, quatro vezes por dia – duas de manhã, duas à tarde. As paredes, uma vez por semana. Os vasos, três vezes por dia, sempre com quiboa. O chão, duas vezes por dia. Havia outros produtos – aqueles perfumados de casa de gente chique. Baita enganação! Só quiboa deixava branco e desinfetado. Não gostava que alguém reclamasse do cheiro. Quando o faziam, esfregava tudo novamente, mesmo depois de já ter feito as contas. E, se não adiantasse, chamava o encanador. Cuidava daquele banheiro mais do que de sua casa, onde lamentava as faltas: força e tempo. De manhã, tinha que chegar mais cedo que todo mundo. Às vezes, no meio do caminho, parava e pegava uma flor de algum canteiro. Colocava em um recipiente no espaço vazio ao lado da pia, onde alguém insistia em colocar um arranjo com flores artificiais e folhas tortas. Essa gente podia entender de palavra bonita, mas de arranjo não sabia nada! De perfume então...

Nos segundos pausados, ela gostava de analisar os bons dias que lhe esbarravam pelo caminho. O mais frequente era o bom dia sonolento que se misturava aos bocejos. Havia também o bom dia feliz que variava conforme os acontecimentos da semana. O bom dia tenso. Este, ela já sabia, era sinal de que haveria uma reunião importante à tarde. Volta e meia, recebia o bom dia que para ela era o mais curioso: aquele com expressão distante cujo dono estava pensando em qualquer outra coisa menos no bom do dia. Mas o que mais ela gostava era do bom dia sorridente! Sempre introduzia uma música que ela continuaria cantando pelo resto do dia.

Uma única vez, porém, recebeu um bom dia assustado. Não conseguiu identificar de quem era. Embora soubesse o nome de quase todos daquele lugar – tanto dos velhos quanto dos recém-chegados. A limpeza foi mais lenta. Seu olho ainda estava inchado e com um hematoma. Não era nada demais. Deu um jeito. Que nem naquela vez quando estava grávida. Esfregou aquele banheiro até a véspera do terceiro nascer. As duas meninas já se viravam bem. Sabiam esquentar o almoço depois que voltavam da escola. Voltou da licença e, como já esperava, o banheiro perdeu o brilho. Ninguém limpava como ela. E o pior: havia dois arranjos sobre a pia! Novamente, tratou aquele lugar como ele merecia. Deixou-o ainda mais brilhoso. Queria agradecer, de certa forma, quem havia lhe dado um berço. Se soubesse de quem era, teria feito um bolo. Achava o bolo uma forma bonita de agradecer. Nos finais de semana, fazia bolos e vendia para a vizinhança. De 10 a 20. As meninas iam entregar. Se sobrava algum, ela o escondia e depois repartia com as filhas. Era uma alegria... Seu marido não merecia!

Orgulhava-se do espelho. Sempre brilhando. Passava álcool também. Era nele que ela percebia como cresciam seus fios de cabelos brancos. Cada vez mais. Um estava tão branco que parecia o gesso que colocaram no seu braço. Passou a noite no hospital – cirurgia, alguns pinos. No dia seguinte, uma dor medonha! Pela primeira vez, limpou o chão somente uma vez. Voltou ao hospital – nova cirurgia, os pinos não estavam no lugar certo. No sábado, não fez os bolos. Deixou para o domingo. Ainda lhe sobrava uma vaidade para pintar os cabelos. Uma cor bonita. Escolhia sempre a que lhe destacava do uniforme desbotado.

Por algumas semanas ainda voltou àquele banheiro. Até que um dia o bom dia sorridente e cantarolante não a alcançou. Queria lhe contar uma novidade. Esperou o dia seguinte, o próximo... Não a viu mais. Tentou perguntar a alguém, mas não sabia identificá-la... A conhecia por aquela senhora que limpava o banheiro. Trocou de emprego, será? Talvez de cidade. Ou fugiu. Poderia até ter morrido. Não a encontrava, só descobria. Descobria sua falta – que, a propósito, só foi reconhecida pelos outros bons dias quando o azulejo ficou amarelado.

5. *Banho no turno da noite*

Fui seu terceiro banho no turno da noite. Me conta ao me descobrir 30 anos depois. Como me lembra recém-nascida? Não era professora do primário, daquelas que reconhecem seus ex-alunos, nome, sobrenome, comportamentos e aspiração profissional. Ela nascia. Nascia, dava banho, vestia, aquecia e, depois de um preciso beijo tímido na testa, acomodava nos braços da mãe. Começou nas casas, depois fez um curso técnico, entrou no hospital novo da cidade e logo a responsabilizaram pela maternidade. "Vocês jovens bonitos, eu aqui velha e feia", me falou sorrindo orgulho e lamentando tempo. Nasci à noite – como prova de que o sol só nasce o dia. Parto tem mais a ver com a lua, ela sabia. Quando fazia o turno da noite, escondia o sol da manhã e reconhecia o dia pelo rádio. Gostava de adormecer ouvindo a voz chuvosa do locutor. Voz que silenciava os ruídos noturnos que trazia do hospital. A noite ecoa passos, gemidos, seringas, soro aos pingos. Sabia acalmar o choro dos bebês, mesmo naquele lugar em que o conforto e a sobrevivência da mãe dependiam do tamanho do plano. Ela não tinha plano. Por vezes emendava turnos – hora extra para sustentar seu próprio leito, na sua casa, em que, por insuficiência de turnos, a solidão, mais do que ela, permanecia. Pagavam mais nos feriados. Principalmente no Natal. A cada ano, tentava adivinhar quantos nasceriam na hora da ceia. Foi num dia desses mesmo, final de hora extra, que começou a sentir as dores. Coisa de nervo, ela achava, no início. Só mais tarde os exames lhe disseram que era osso. Tinha que fazer daqueles tratamentos que davam licença, mas não davam hora extra. Foi ali que lhe disseram que virou gasto. Foi ali na sala de espera do hospital novo da cidade, que agora é velho, lamentando o tempo e confortando as dores, que se sentiu velha e feia. Velha, porque sem forças para trabalhar mais por menos – depois da lei. Feia, porque os únicos olhares que recebia eram os sonolentos do turno da noite. Dos seus, qualquer vestígio de sedução estava encoberto pelas olheiras. Procurei no corpo, a beleza estava no peito. Quis abraçá-la, na tentativa de reviver aquele mesmo acalanto depois do banho noturno. Ouvi o chamado do atendimento. Eu, primeiro, tinha plano. Me afastei dela, pela segunda vez, mas, sem beijo na testa, senti agora o desamparo daquele que foi meu primeiro colo.

6. Drosophila melanogaster

Quando certa manhã Gregório Santos acordou de sonhos intranquilos, encontrou-se em seu sofá metamorfoseado em um inseto chinfrim. Levantou-se, começou a voar num tracejado geometricamente indefinível e rapidamente pousou numa garrafa caída no tapete da sala. O prazer que sentiu ao sorver aquele líquido quente amanhecido o fez perceber que algo não estava normal. Permaneceu na garrafa mosqueando por um tempo.

De repente uma mão enorme ajuntou a garrafa e a jogou em um saco de lixo. Um soco grave foi o barulho do contato do objeto com o chão. Com o reflexo de míseras asinhas, Gregório voou em curvas, quase indefinidas geometricamente, e foi parar na fruteira sobre a mesa da cozinha. Direto no cacho de banana. Instintivamente provou daquele fruto maduro; o que o levou à primeira conclusão sobre aquele momento: era caturra! Sentiu-se, então, energizado para passear e descobrir os outros sabores da fruteira. Não demorou muito – ao menos não muito mais do que havia demorado até então – para notar que havia vários insetos iguais a ele passeando, dormindo, comendo ou deixando seus rastros sobre as frutas; o que o levou à segunda conclusão sobre aquele momento: era drosófila! Ou melhor, Drosophila melanogaster – com ph, para ser correto –, como a comunidade científica se refere. Ou, mosca-da-banana, para os não-íntimos. Trata-se de um ser vivo muito estimado por quem estuda insetos, porém muito odiado por quem tem uma fruteira, consome bananas e toma conta da própria casa. Se você não sabe do que estou falando, compre um cacho de bananas. Gregório também não sabe; ouviu falar dessas mosquinhas em algum lugar alguma vez.

Voltando à cena, Gregório tentou estabelecer algum contato com seus novos pares. Infeliz, pois, eles só ficaram olhando com cara de ... de... moscas. Que, de tão pequenas, era difícil distinguir a cara do bicho do que estava no outro lado, ou seja, a parte da frente da parte de trás. Gregório, então, já estava se preparando para tentar algum outro tipo de comunicação – como aquelas dancinhas que as abelhas fazem que ele tinha lido em algum lugar alguma vez –, quando, porém, aquela mesma mão, que jogou a garrafa no lixo, tirou a fruteira de cima da mesa e a colocou em cima da pia, perto de um pano de prato encardido. Uma enxurrada de drosófilas se contorceu no ar, de modo geometricamente enlouquecido.

Gregório nunca soube o que era um pano de prato. Mas nesse momento até que estava achando interessante lamber os restos de comida que encontrou por ali. Parado num bordado de galinha, pôde contemplar a cena que então se formava. Uma mulher – com a mesma mão que jogou a garrafa do lixo e tirou a fruteira de cima da mesa –, duas crianças e um jovem, ainda com penugem no lugar de bigode, almoçavam.

A mulher mastigava com dificuldade. Um corte semiaberto descia do seu lábio inferior e encontrava um esparadrapo que lhe cobria todo o queixo. Gregório quis lamber aquele corte. Na mesa, as crianças se agitavam e perguntavam pelo pai. Um dos seus colegas insetos tentou aventurar-se por ali e morreu afogado num copo de suco. O jovem pegou uma colher, tirou a drosófila afogada, tomou o suco e disse que odiava o pai. Gregório voou distorcido para perto dele, com a vontade nervosa de lhe arrancar a penugem no lugar de bigode por ter dito aquilo. Aproximou-se mais e percebeu que o rapaz parecia ele mesmo, o próprio Gregório, quando era mais novo e humano. Poderia ser seu filho, embora não acreditasse que já tivesse um filho com penugem no lugar de bigode.

Saiu subitamente dessa contemplação quando a lixeira se abriu atraindo-o para um mundo de novas degustações. Um estalo agudo foi o barulho da tampa fechando-se. Ficou um tempo patinando em restos. A lixeira abriu-se novamente e ele saiu satisfeito. Viu somente a cara da mulher, agora sozinha, na cozinha. Ela esboçou um sorriso maléfico – de quem sabia algo e não iria contar – e um gemido de dor, pelo corte ardido que, além de fazê-la sofrer para comer, fazia sofrer ao sorrir. Mesmo satisfeito com o lixo, Gregório quis lamber aquele corte – sentia que era seu.

Mas não teve tempo de agir. Quando viu, outra drosófila voava até aquela boca. Porém uma palma apertada impediu que acertasse o alvo, o corte. Gregório viu seu colega, inseto, esmagado por aquela mão. A mão. A mesma que jogou a garrafa no lixo, que tirou a fruteira de cima da mesa e pôs em cima da pia, esmaga moscas, com as palmas rápidas, concentradas e compassadas de uma dança flamenca. Gregório viu a mulher matar mosquinha por mosquinha, drosófila por drosófila – sem ph. Satisfação maior, para ela, do que estourar plástico bolha.

Voando em tiros que não definiam uma linha reta, talvez desconfiasse que morreria daqui a poucos minutos sem saber o que de fato havia acontecido. Teria apenas a vaga noção de que o haviam transformado num inseto inofensivo, ao contrário da praga doméstica que antes teria sido.

7. Era um beijo

"Torturantes pingos gelados" – ela me disse – "um por um." Estúpida! Se sentisse o abafado, iria suplicar pelos arrepios. Atirei-lhe um travesseiro, que só fez cair desengonçado no chão. Apoiava a lombar. Ficou assim um buraco que me entortou as costas. Na aguda fisgada, ela me sussurra: ainda bem que o frio não entra. "Obrigada por me lembrar de sua significância!", agradeci amarela.

Há 10 dias eu entrava naquela paisagem que mais parecia um quebra-cabeças: peças imóveis devidamente encaixadas – inclusive aquela pontuda na veia.

"Daqui dá pra ver o nascer do sol" – ela me despertou assim, ao final da primeira semana – "se acordasse mais cedo você o veria." Que censura imbecil, para quem há tempos não controla o próprio sono! "Os remédios me capotam." Gritei no sussurro da minha força.

"Mas só dá pra ver o nascer mesmo" – ela continuou. – "Ainda bem! O sol faz mal para mim." Acordei meus olhos naquela pele transparente. Os primeiros raios da manhã seriam o suficiente para esquentar suas mãos? Ou estaria sempre com as pontas dos dedos gelados? Em instante de compaixão, me preocupei!

Tem uma igreja ao lado do hospital. Não vejo. Mas ouço as badaladas das 18h, todo dia. Tento cobrir meus ouvidos com um travesseiro. "Existe som lá fora", ela insiste. "Deixo ele entrar para que você se lembre da vida." Ah, então era essa a conta: não era o sol, nem o vento, nem a chuva, era a reverberação do impacto pendular num pedaço de ferro que me faria lembrar da vida. Cansada, no confinamento que já se aproximava da quinzena, pedi para ela: "cante uma música." Apaguei com a dose de pegar no sono.

Acordei com várias bandas de pássaros num festival a céu aberto. Quanto tempo que não via a madrugada! Me aproximei do som – primeira rebeldia de sair da cama sozinha. Arrastei leve a cortina. Ela me olhava do iminente clarear do céu. Era ainda cedo para os raios do sol. Toquei curiosa aquelas suas bochechas salientes – antítese das minhas encovadas. Geladas... Ou eram meus dedos que há dias não tocavam? Um beijo, ela me atraiu. De uma mulher, o primeiro.

Um passarinho bateu ao lado do meu pescoço. O estouro nos contou que ali tinha um vidro: novidade madrugueira, para mim e para o passarinho, de lados opostos. Não poderíamos socorrer um ao outro. À minha frente, o reflexo. Toquei nas minhas bochechas, de covas preenchidas. A janela envidraçava minha tela, que me privava do carinho da pele da chuva, da provocação do sol, da ousadia do vento, do silêncio do sino. Mas me deu o beijo – o que eu sentia, descobriu!

8. Árvores, no inverno, cantam óperas.

Congelamento das cordas vocais. Foi esse o diagnóstico. As notas agudas não se moviam e as graves ouvia-se pouco. O que mais se sobressaía era um dó rouco. Ao contrário das previsões de tempo, a sensação térmica dentro era mais fria que fora.

Ele me contou isso... Não sei, na verdade, se foi para mim. Seu olhar movia-se com o vento enquanto falava. "E... tem tratamento? Quer dizer, o médico passou alguma recomendação?", saltei essa pergunta de minha boca como uma provocação ingênua para tentar checar a veracidade do relato. "Eu fico aqui na árvore, no inverno, ela canta ópera."

Emudeci. Evitei avistar um delírio. Enquanto eu, sentada em um banco, contemplava a árvore decifrando-lhe algum traço teatral, ele estendeu seu cobertor surrado, acomodou-se sobre a parte da raiz que rompia a grama e tirou algumas frutas de uma sacola plástica. "Você mora aqui? Nesta praça?", perguntei. "Eu não moro", respondeu com um pedaço de maçã entre os dentes. "Como assim?" "Fico aqui ouvindo a árvore, ela canta ópera. Você nunca ouviu? Ó... Shhh..." Ele me pediu silêncio e fez um gesto em direção à copa. "Tá ouvindo, moça?" Respondi que sim, não querendo parecer indiferente, mas só via os galhos balançarem. "Eu não canto mais. Tenho congelamento nas cordas vocais. Mas a árvore canta, no inverno, ela canta ópera." Seria verdade? Havia sido um cantor? Ele levantou-se e olhou para mim. "Moça, vou mijar. O banheiro é ali atrás." Apontou para o que, de nossa perspectiva, seria atrás da árvore. "Moça, você poderia fechar os olhos? Eu não gosto que me vejam mijando." Tapei meus olhos com uma das mãos, pensando se ele não se incomodaria com as outras pessoas que passavam pela praça, do outro lado da árvore. Espiei por uma fresta entre os dedos: ele a contornou e desapareceu atrás dela, dada a sua magreza. Só ouvi. Ninguém passou naquele instante. Ele voltou, deitou-se em frente à árvore e cobriu-se. "Boa noite, moça! Você poderia apagar a luz?"

Levantei e me retirei em silêncio, achando por bem respeitar aquele sono. Não fazia ideia, contudo, de como apagar a luz. Deixei, enfim, a cargo do sol, que já estava se pondo.

Pela manhã, de minha janela, eu só conseguia ver alguns galhos da árvore. Eles de fato balançavam. Abri uma fresta e um assobio fino assustou meus ouvidos. É essa a ópera da árvore. Ri. É o vento. Todos os dias eu atravesso a praça para pegar o ônibus. Há dias, reparo naquele homem que fica ao redor da mesma árvore. "Se ele não mora, então está se hospedando", pensei estupidamente. Ao me ver, ele acena e aponta para a copa da árvore.

Mas como acontece com qualquer detalhe costumeiro, que a nós parece eterno na paisagem cotidiana, há o dia em que reparamos sua ausência. Desci no ponto de ônibus da praça e a atravessei em direção àquela árvore. Não havia nada no chão. Dei a volta em torno dela. Atrás, estava seco. Olhei para a copa: não havia movimento, um galho alto, apenas, sustentava um cobertor surrado. Na manhã seguinte, de minha janela, o silêncio.

O silêncio me incomoda, me esfria. Abri todas as portas do meu armário, puxei as gavetas, empurrei os cabides, até que encontrei: uma flauta, daquelas que se compra em loja de brinquedos, daquelas que se ganha mas não se lembra de quem. Soprei aquela flauta com tanta força que o ar quente desafinado queimou meus dedos. Nunca soube tocar. Embalei a flauta e deixei no pé da árvore, com um bilhete: "para esquentar cordas vocais." Quando voltei do trabalho, a árvore estava sozinha. Não tive vontade de voltar para casa naquele dia, não queria ver de minha janela os galhos imóveis. Atravessei novamente a praça, do outro lado ficava o acesso para uma rua central: lojas, bares com cadeiras nas calçadas, ambulantes, pombas. Músicos também! Duplas com violões, um violino sozinho, vozes, sopros: a mistura de barulhos me provocava. Esqueci até o incômodo do vento gelado. Conforme eu caminhava, sentia aumentar uma melodia que se sobressaía das demais. Va pensiero. Por apenas um instrumento. Chegando a uma esquina, distingui a flauta. Era a minha flauta? Sentado num canteiro de flores, ele conseguia extrair ópera daqueles buracos. Contemplei enquanto percebia crescer minha insignificância. Ao seu lado, uma caixa de sapatos guardava algumas moedas. Me aproximei e depositei o que havia no meu bolso. Não sei quanto. Me afastei. Já longe, ouvi gritos e moedas espalhadas por pontapés. Olhei para trás e o vi correndo. Impossível alcançá-lo. Lhe tomaram o ganho da ópera.

Sentei-me no banco da praça em frente à árvore. Chorei em lágrimas dos impotentes. Mal deixavam meus olhos, congelavam, trincando meu rosto. Parei ao ouvir um barulho de mijo pesado. Ele saiu detrás da árvore e sentou-se na raiz com o corpo cansado. "Tem um buraco ali atrás, moça. Um coelho me arrastou pra dentro dele. Entrei como se fosse num túnel embaixo da árvore. Mas era comprido. Então eu acho que quase atravessei por baixo da cidade. Tem um monte de bicho esquisito lá que fala. Daí eu fui preso. Tinha uma rainha que queria cortar minha cabeça. Ela me pediu pra cantar pra ela, se não cortava minha cabeça. Eu falei que tenho congelamento das cordas vocais. Só tenho o dó e o ré graves funcionando. Daí eu me lembrei da flauta que tava no meu bolso. Toquei e todos tavam gostando. Até que apareceram vários ratos. E eles me seguiam. Daí eu percebi que eles faziam tudo o que eu mandava. Mandei eles me soltarem e atacarem a rainha. Daí eu fugi e voltei. Mas eu perdi minha flauta lá."

Imóvel, boquiaberta: que mistura era aquela de música e literatura? Ele apontou para a copa da árvore. Ela canta ópera, no inverno, enquanto os galhos dançam. Va pensiero. Eu acompanhava a melodia e o movimento, surda e cega para o resto da cidade. Até que o inconveniente barulho de uma moto em alta velocidade me despertou. Olhei para a raiz, ele não estava mais lá. Enquanto buscava algum olhar, senti poucos dedos cutucarem meu ombro e uma voz gelada. "Moça, me dá uma ajuda pra comprá quentão?"

9. Sofreguidão

Médico sempre diz que a gente tem coisa de nome estranho. Mas dessa vez ele se esquisitô além da conta. Sofreguidão... Coisa que até se dividir a palavra não ajuda a saber o que é: sofre... de gente que sofre; e guidão... aquele de bicicleta; quer dizer coisa que dirige o que sofre. Mas não é isso que o médico disse que eu peguei... Também nem é o que quer dizer mesmo sofreguidão. Tem numa música... que tocava numa novela, que tocava com voz de rádio, que a mãe chorava enquanto costurava pra fora, quando o pai foi embora, eu acho que tem outras letra que combinam mais com aquele desgraçado, mas a mãe cantava essa. Era bonita. Com sofreguidão, mil venturas previ... Sabe lá que que é ventura. Parece coisa que benzedeira tira. Coisa que corta com tesoura e costura com linha, que nem a Verônica, véia de casa escondida, que ainda vive, que benze no porão. Tinha estátua de santo armado, quadro de santa véia, terço pendurado em prego, planta esticada secando pra fazê chá. É... vai que é assim. Precisa de chá daqueles que benze ventura. Vai que tem também pra sofreguidão... Mas na música diz que a tal das venturas previ. Tipo coisa de vidente. Daquelas que diz que que vai acontecer com a gente. Nunca fui muito de acreditar em coisa desse tipo. Uma vez na tevê do ônibus um tal de Escorpião disse que tem que ter paciência, porque momentos de instabilidade financeira virão por causa de um tal de Vênus. Que burro esse Escorpião! Eu já teria dado no meio desse Vênus se viesse com essa pro meu lado. Instabilidade financeira é nome chique pra coisa ruim que vai acontecer com o dinheiro da gente, isso eu aprendi. Mas o médico disse que sofreguidão não é coisa que adivinha, é coisa mesmo que não tem que tê. Ué! O que eu fiz tinha que ser feito e pronto! Ia lá imaginá que ia dá a tal de sofreguidão! O Irineu mereceu! Gerente de banco. Quem mandou querer descontar da aposentadoria! Tava quase pela metade. Deixei foi o olho dele pela metade... E nem precisei de muita força. O Antunes, o cara do plano de saúde... que quis aumentá. Ia dá quase toda a aposentadoria. Não deixei. Quebrei tudo lá. O Alcides, lá do clube, tem uns que dizem que eu até podia ter pegado mais leve, mas foi ele que disse que mulher que trabalha não serve. Mostrei pra ele que que serve. O Tavares, assim... podem dizê que foi até exagero meu, vá lá... Mas na hora quem que consegue ficá calmo quando diz que tem que matá gente?! E o vizinho! Que queria derrubá as árvore do meu lado do muro... mais um que acha que natureza não presta pra nada... Derrubei ele antes! Acho que sofreguidão mesmo se pega de pessoa. Não é daqueles tipo de doença que tem que levá picada de mosquito. Só pessoa faz a gente ter vontade de acabar com as coisa tudo de uma vez.

10. O contador de gramas

Você pode achar que eu tô errado por esse título. Ou fazendo... Comé que se diz? Dieta! Mas não. Não sou dessas coisas. Como pra trabalhar. E também agora aqui nesse lugar tem que comer o que tem. Sem frescura. Também não escrevi errado. É "contador" mesmo. Daquele que conta. Eu sei contar. E pra começar já digo que tô aqui porque matei um cara. Pronto. Já contei o final pra você prestar mais atenção nos meios. Daí, quem sabe, eles justificam os fins.

Matei o homem a tesouradas e enforquei ele com a sua gravata pra garantir que estivesse bem mortinho mesmo. Enterrei embaixo de 3427 gramas. Três dias depois o cachorro achou ele. A polícia descobriu e me prendeu. Nem adiantou dizer que ele queria me enganar.

Esse sujeito (o que morreu) um dia me telefonou dizendo que viu meu número num cartaz escrito "corto gramas" pendurado num poste. Nem era cartaz. Escrevi eu mesmo numa tábua de madeira com a tinta que sobrou da casa e um sobrinho meu pendurou pra mim. Daí o homem me pediu quanto cobrava e eu falei que o orçamento eu fazia no local. Ele gostou dos nomes chiques: orçamento... local... Fui lá. A gente se entendeu. Cortei as gramas do pátio da frente e do detrás. No final do dia ele veio pra me pagar.

– Quanto você cortou?

– O combinado, doutor – respondi.

– E deu quantas gramas?

– As do pátio da frente e do detrás, senhor.

– Sim, disso estou ciente. Foi o combinado. Mas eu quero saber quantas gramas deu ao todo.

E eu lá ia saber, quase que respondi. Mas daí pensei: "Esse homem tá me testando".

– 10.000 – respondi. – 4000 na frente e 6 atrás.

– Bom, você cobrou R$ 300,00. Dividido por 10000 são 0.03 centavos por grama. É um preço justo! Onde estão as gramas?

– Joguei fora, ué! – Respondi assustado. – Era pra guardar? – Perguntei com cara de besta. – Elas secam, senhor. Não servem mais pra nada.

– E como eu vou saber se você cortou 10000 mesmo? Preço é preço!

Ainda com cara de besta disse que não tinha mais o que fazer. Me despedi e vim embora. Cara louco! Eita!

Não deu um mês e o homem me chamou de volta. "Dessa vez dê um jeito de contar direito as gramas. Na volta eu confiro."

De tão espantado que fiquei com a ordem disse que sim senhor sem pensar. Fui passando a máquina enquanto tentava resolver o problema. Quem no mundo acha que se pode contar grama? Que homem louco! Enfim peguei uma caneta e comecei. 1, 2, 3... fui marcando cada talo. Achei até que não fosse demorar muito, as primeiras cem não tinham dado um metro, já pensei em largar tudo, mas, pensei melhor, não ia me render tão fácil, continuei, como os joelhos doíam, resolvi sentar, me senti um estúpido! Onde já se viu uma coisa dessas? Até que essa ideia de ser o primeiro me animou. Fiz mais um tanto, enquanto a tarde passava, eu contava, anotava o número talo por talo, que nem fazer inventário de prédio público, anoiteceu, eu poderia comprar alguma coisa pra comer na lanchonete da quadra de cima, mas a tarefa que eu me pus a fazer era tão absurda que eu pensei que seria mais absurdo ainda eu comer pra executar ela, é, não? pensa: a gente come porque tem fome, pra conseguir trabalhar, pra viver, porque é bom dependendo quem faz. Contar gramas não era nada dessas coisas. Então, nem comi nada naquela noite. E dormi ali mesmo. Eu tinha um colchonete na camionete. Aí no dia seguinte não ia perder tempo com a viagem de casa até aqui. No que deitei senti uma fisgada nas costas. Pela manhã, a dor era tanta, que parecia que tinha passado o cortador na espinha.

Levei dois dias.

–14732 gramas. Pode conferir, doutor.

Ele fez que viu uns talos marcados.

– Muito bom! Você é homem de palavra. Mas dessa vez deu mais que a anterior.

– Sim, senhor! – Que jumento! Pensei. – É por causa do tempo, da época, da terra...

– Bom, não posso fazer nada. Como deu mais que o combinado, vou lhe pagar 0.02 centavos por grama.

Fiquei estúpido! Esqueci por alguns minutos da dor nas costas. Peguei o dinheiro e me mandei. Nunca mais!

Passou um mês... Dois... Até o cara louco me chamar novamente. Fui. Afinal, não tava em condições de refugar serviço. Mas dessa vez ele não ia me passar a perna! – Hoje eu quero que você corte uma por uma. Do mesmo tamanho. Tenho até a tesoura.

Enlouqueceu de vez, pensei. Aproveitei e fiz uma proposta:

– Eu corto pro senhor. Só que o preço aumentou. Um real a grama.

Pro meu espanto, ele disse tudo bem e foi embora. E eu não sabia se ficava faceiro pensando no dinheiro que ia receber ou me desanimava com o serviço. Uma tesoura! Parecia aquela que o meu piá usa na escola. Nem sei pra quê que eles usam tesoura na escola. Cortar grama é que não é!

Já de começo vi que a coisa ia demorar. Adiei uns outros serviços que eu tinha marcado. Comecei com a mão direita, essa história de ganhar numa vez só quase 20 mil me empolgava, já pensou?, dava pra visitar a família no interior, pegar férias junto com a piazada, pagar o tratamento da mãe, mesmo que doesse minha mão, os dedos ficaram inchados, tive que passar sabão pra sair a tesoura, aí mudei pra mão esquerda, até que aconteceu a mesma coisa e fui revezando... Terminei em 4 dias, suando e tremendo de febre, era pegar o dinheiro e ir pro hospital quase.

– Vejo que fez certinho todo o trabalho.

– Sim, senhor! – Respondi querendo dizer, na verdade, terminei-essa-bosta.

– Está aqui seu pagamento.

Contei as notas e já fui ficando irritado.

– Mas, senhor, esse é o preço antigo. Foram 16435 folhas, pode conferir, e o combinado era 1 real a folha. Então aqui deveria ter 16435 reais.

– Tem razão em partes, amigo. Mas você não contabilizou as taxas.

– Que taxas? – Amigo é a tua bunda quase que falei.

– Os tempos são outros, meu caro. É um cálculo básico: desconto sobre o tempo de serviço, taxa de usufruto do terreno, estacionamento do veículo em local privado, empréstimo de material, tem mais uma taxa, mas essa é do governo, sobre qualquer serviço que vise ganho pessoal financeiro. Isso é colocado numa fórmula para não pesar tanto para o trabalhador em que se soma tudo isso e desconta do valor bruto do serviço, pelas minhas contas então...

Ele não terminou a tal da fórmula. Dei um soco com a mão direita toda inchada e fiz o que contei no começo. A raiva era a mesma pra todas as taxas que falou, mesmo que eu não entendesse nenhuma. No julgamento, disseram que o sujeito era contador. Me indignei: quem contava era eu! Contador de gramas, contador. E a bem da verdade, fiquei pensando se era eu que cortava. Porque aquele que corta é o mesmo que paga.

11. Ferros de Passar

O ferro de passar ligado! Agora que a casa ia explodir de vez. Um curto. Ia tudo pegar fogo. A memória não tava boa ultimamente. Ou seria a chaleira ligada... A essa hora já tá derretendo no fogão. Mas se fosse a chaleira, ela teria ouvido o barulho, enquanto arrumava a bolsa. Até que faz a quadra de novo, entra na garagem, elevador... Não dá tempo de voltar. Ia tudo pegar fogo mesmo. Mas se deixasse para depois da reunião, a casa viraria cinzas. Ah também... que virasse. É hoje que taca fogo na casa! "Camélia ficou viúva, Joana se apaixonou, Maria tentou a morte, por causa do seu amor..." Que drama logo de manhã cedo! Sentia dó das plantas, só. Arrependeu-se de não ter deixado uma chave com o porteiro. Será que ele perceberia o... como que chamam?...

princípio de incêndio... Será que ele perceberia o princípio de incêndio e chegaria a tempo de salvar a samambaia? Sei lá... ele andava tão devagar ultimamente, disse que agora fazia 12 horas, três turnos, bico de eletricista. Que conta era aquela? Ela não perdeu tempo pensando. O porteiro salvaria a orquídea. Ele odeia samambaia. Tem que regar todas as do térreo que algum desocupado resolveu pendurar em mais de dois metros de altura – determinação da síndica. "Hoje você é quem manda, falou tá falado, não tem discussão..." Ah! Essa mania de música velha dessa rádio... Trocou de estação para ouvir como tava o trânsito. Dava pra desviar pela rua do posto. "Deus abençoe", dizia na esquina, um pacote de balas pendurado no retrovisor. Amém. Tinha umas moedas perdidas no negocinho do lado do câmbio, deu. Alguém fala câmbio ainda hoje em dia? Não lembra como as moedas sempre vão parar ali. Não lembra se desligou o ferro. Concordou com o cara do rádio que disse que todo mundo que quisesse poderia ter uma arma pra se defender. Tem um maluco no sinal que fica jogando uns troço pra cima, sem deixar cair. Outro que quer dinheiro. Pedir é fácil, né, quero ver trabalhar... O cara cospe fogo. Sempre quis saber como que eles fazem isso. Desde criança. Como que não se queimam? Credo! Deve ter que treinar muito. Também, não trabalha, tem tempo... A mulher do rádio disse que o cara novo da cultura falou umas bobagens. Todo mundo fala bobagens. E todo mundo faz cagadas. Tipo deixar a chaleira ligada no fogão. Nunca mais tinha esquentado água pra café depois que comprou aquelas maquininhas. Mas daí ela estragou. Perdeu o costume de desligar a chaleira. Já devia ter derretido. Deve ser ruim, né, morar naqueles lugares que têm queimadas. Ainda bem que ela mora longe! É só gente que morre nessas notícias de rádio... Quanta gente que morre no mundo! É tiro, botijão que explode, jovem nessas festas loucas que eles fazem... até índio agora... Aquele repórter com voz de sirene tava dizendo. Meudeuzo ferro!!! Ela podia estar matando alguém naquele exato momento, algumas quadras, garagem... nenhum vizinho se jogando pela janela... calma deve estar só no tal do princípio... porteiro regando samambaia, elevador sem cheiro de queimado, a porta que não abre, pra quê que ela dá duas voltas na chave?!, tropeça no chinelo jogado na entrada, ou na saída, depende do ponto de vista, na lavanderia o ferro em silêncio sobre a tábua de passar, sem queimaduras, a ponta do fio encostada no chão. De canto de olho procurou a chaleira... nada sobre o fogão. A porta semiaberta deixava à vista somente um incêndio a meia luz. Era lá de fora – ela não percebia – onde tudo pega fogo por causa dos ferros de passar.

12. Assinaram em cima do risco

Às margens da cópia do relatório, a mão vestida de caneta corria traços disformes – única exceção ao seu perfeccionismo. Caneta, papel... Imagine! Quem nos dias de hoje usa isso em reuniões?! Ela fazia cálculos em telas – era seu trabalho! –, mas preferia o produto impresso.

Crescimento, desafios, trabalho em equipe, pró-atividade, ações, marketing, business, networking... A hora motivacional se estendia e, aliada à sala escura, sufocava sua atenção aos seus rabiscos que neste momento já pareciam aquelas representações de palavrões nas histórias em quadrinhos.

Quando a voz em videoconferência pulou para o segundo tema da pauta, ela largou a caneta, olhou por sobre os óculos, franziu a testa. Era o que o seu estômago e suas margens ansiavam: análise de riscos.

Arriscar e crescer. A mão esquerda trêmula sobre o relatório lhe sugeriu as unhas. Os dedos. Era melhor roer os cantos para não estragar o esmalte. Pequenas mordidas com as pontas dos dentes preenchiam a espera do "lhe passo a palavra". Os dados, os cálculos, os seus argumentos. Convenceriam?

Correr riscos e ações. A tampa encaixada atrás da caneta escorregou e machucou sua gengiva. Na hora dos investimentos ou dos lucros... não lembrava quando a caneta havia voltado a sua mão. Morder a tampa, que coisa ridícula! Concentrou-se nas imagens em detalhes que mostraria. Outro de seus argumentos.

Às margens da sua cópia de rio, os rabiscos agora delimitavam uma aldeia. Eles queriam ações. Os riscos vestidos de azul arranhavam com mais velocidade o papel. Uma cidade, três vilas. Alguns quilômetros a mais, três nascentes, dois afluentes. Graças à caneta esferográfica. Ela tinha a sua, simples, mais fácil de acomodar na mão. Não usava aquelas com propagandas, que ganhava todo início do ano. Uma vez ganhou uma com um calendário. Nem tirou da caixa. Estranhava a ideia de ter que segurar em datas para escrever. Gostava da palavra 'esferográfica'. Sonora. Parecia que estava falando duas coisas. Esfero... gráfica. Esfera... gráfica. Espero... gráfica. Espero... Pero!

A entrada da secretária com as cópias do documento lhe deu o sinal de que não argumentaria. Duas páginas; o espaço para assinaturas; um risco. Sobre as linhas que receberiam os nomes, um risco. Um documento com risco!

As cópias deslizavam sobre a mesa. Ela viu escorrer ferro, chumbo, zinco, alumínio, metais vestidos de lama, das canetas-presentes de início de ano. Na primeira página rubricaram, na segunda, assinaram. Assinaram em cima do risco.

Não assinou. O risco não era um mero capricho perfeccionista. Nem ela, nem o jovem engenheiro recém-contratado.

Mas assinaram. "Assinaram em cima do risco." Ela escreveu. Em cima do risco. Foi seu último rabisco diante da sirene que não tocou.

13. Coral

Eram notas corais. Decorava em assobios as partituras enquanto acomodava o leme nas descompassadas marés. Seis km da orla até o recife. Dois americanos, um casal argentino, cinco estudantes do Sul, três senhoras da excursão que quiseram vir, uma família com duas crianças sonolentas, uma família com duas crianças agitadas e mais uma adolescente. Pediram pra tirar fotos. Quase 20 anos da orla ao recife. Turistas. Ficava nervoso com as máquinas de filme. Não podia errar, perder a pose. Foto feia turista não volta. Um alívio quando vieram as máquinas digitais. Irritava, porém, o tirar de novo porque alguém achou que não saiu bem na foto. O nervoso voltou com os celulares; medo de derrubar no mar. Corais têm milhões de anos, repete a cada viagem.

Existem milhões de anos? Se pergunta, enquanto aquelas duas crianças correm pelo barco. É coisa depositada, é bicho que vive, é peixe que se esconde. O enfileirado que forma barreira. Lado a lado, fica no coral, uma vez por semana. Tenor, na fileira de trás. Não chega na agudeza das notas. Ele é veludo, diz o maestro. Responsável pelas notas graves. As notas dão a cor do coral. Na cobra, tem cor, a venenosa, dizem. Não conhece o tom venenoso de cobra, mas sabe do veneno que tem no mar. Coral que fica branco é água que ficou quente. Que mata peixe. Tem plástico também. Que mata bicho. Pelo estômago. Quem reserva o coral que os turistas que pedem foto vêm ver é o Chico... o Mendes, que virou Instituto. Que mataram. Tão dizendo agora que não é ninguém. Que não tem importância. Que dá pra passar qualquer barco. Que dá pra pescar em qualquer lugar. Que não tem que reservar. A maré empurra o leme incomodado de volta para a orla. O assobio da música decorada vira sopro. Agora tem que cantar outra. Ciao, ciao, ciao. É italiana. Ciao quer dizer oi ou tchau, pro italiano. Não é pra cantar enfileirado. Canta em movimento, caminhando no palco asfaltado borrado de areia. Prefere significar o tchau. Canta, pois, mais grave, quer salvar o coral.

14. Catador

Tornou-se catador há pouco tempo. Quando ganhou o carrinho. Antes disso, era o cara que pegava o lixo. Agora não. Agora ele recolhe o reciclável. Ele empurra o carrinho, com uma roda de rangido suave, até que encontra o que as pessoas descartam. Papel e metal que troca por outro papel e outro metal.

Nos escritórios do bairro vizinho era onde mais tinha papel. Como ficavam longe, o catador levava o dia todo para ir e voltar. Só ia lá uma vez por semana. Nos outros dias pegava as latas nas casas e nos bares. Não tinha fim de semana. Tinha mais latas.

Às vezes, quando dava sorte, conseguia restos de metal de alguma fábrica mais próxima. O que dava mais trabalho para transportar. Em um desses dias, enquanto carregava o carrinho, sentiu um peso a mais, um tanto diferente do que estava acostumado. Era um homem. Ele deitou-se em cima de algumas chapas de metal e adormeceu. O catador achou melhor não acordá-lo. Parecia cansado; era cedo. Preferiu carregá-lo enquanto ele dormia. O carrinho não estava cheio ainda.

"Você viu minha mão?", foi a primeira coisa que perguntou quando acordou. "Perdi numa máquina." "Não senhor", respondeu o catador. O homem sentou-se sobre o metal, em silêncio. Eles agora passavam por uma fotocopiadora que descartava papel e papelão. O catador era conhecido na região. "Lá atrás, amigo! Tem várias caixas hoje." Enquanto enchia o carrinho, sentiu uma das caixas com um peso maior. Colocou-a em pé, sobre as demais. Assim que começou a andar, percebeu que a caixa tossia. Abriu-a e lá dentro, a origem da tosse: uma mulher que usava uma dessas máscaras de dentista. "Estou doente. Me disseram que tenho que ficar nesta caixa", ela explicou com a voz abafada. Era bonita. Por que tinha que esconder a boca?

O carrinho rangia mais alto. O próximo material para descarte estava num bar, a duas quadras, perto da universidade. "Eu tenho que me esconder, eu tenho que me esconder, eu tenho que me esconder...", um moleque gritou, enquanto correu, subiu no carrinho e mergulhou nos papelões. "Tenho que ficar nesta caixa!" "Você viu minha mão?". Disseram os outros. Mais um moleque perdido, pensou o catador.

O barulho das latas acompanhava o rangido agudo da roda, enquanto o catador empurrava o carrinho pelo centro da cidade. "Chegou uma encomenda pra você", disse o homem, quando o catador voltou de um mercadinho, carregando mais papelão. Era um embrulho em saco de lixo. O que estava dentro parecia se mexer. Ele abriu e o choro de um recém-nascido emergiu como uma caixa de música. Alguém o descartou. O catador não poderia segurá-lo. Tinha que empurrar o carrinho. Acomodou o bebê nos braços do homem sem mão, que o fez parar de chorar.

Muito trânsito no centro. O carrinho tem que desviar. Em uma das curvas, livros surgiram no meio dos papelões. A mulher da caixa começa a ler. O moleque escuta, e sai do seu esconderijo. "Você pode sair da caixa e ensinar ele ler", autorizou o catador. A mulher tirou a máscara; não tossiu.

Na avenida movimentada, parou um ônibus ao lado do carrinho. Dele desceu uma pessoa; subiu no carrinho e sentou-se na borda de metal, ao lado do catador. O perfume era de quem tinha tomado banho há pouco. "Você viu minha mão? Eu cuido do bebê sem uma das minhas mãos. Diz pra eles, diz pra eles." Eles quem?, questionou-se em silêncio o catador. "A caixa, a minha caixa. Eu posso sair da caixa. Diz que eu posso." A mulher seguiu a fala do homem. "Eu não quero me esconder; eu tenho; eu não que..." O catador colocou um papelão sobre o moleque. Só até sair desse quarteirão.

O que aquela pessoa estava fazendo ali? Uma carona? Tinha cara de qualquer um. Qualquer um pode um dia ser descartado... Pensativa. Parecia concentrada. Melhor não incomodar ela com a pergunta. Se bem que até perguntaria, mas a roda do carrinho emperrou num rangido. O solavanco provocado fez todos penderem para frente.

O homem, preocupado, desceu para verificar a roda. A pessoa qualquer um segurou o recém-nascido. "Dá pra concertar. Vocês viram minha mão?" A mulher doente colocou a máscara e foi, junto com o moleque, ajudar o homem. A mulher tinha força, o moleque sabia o que fazer, o homem consertou a roda sem sua mão. Subiram novamente no carrinho, e o catador continuou empurrando, mas sem rangido.

A entrega do material é no barracão da usina de reciclagem. De lá, tem caminhão que leva para onde se transforma tudo isso. O catador descarregou tudo. Mas, para a sua surpresa, a pessoa qualquer um, a mulher doente, o moleque e o homem sem uma mão, que voltou a carregar o recém-nascido, que voltou a chorar, também entraram no barracão. Jogaram eles fora, concluiu o catador.

Assustado e comovido, deu as costas ao barracão e tornou a empurrar seu carrinho vazio. Sem rangido. O despertou, porém, um assobio vindo de suas cotas. Era o moleque. Todos subiram novamente no carrinho. Aliviado, o catador voltou a confiar em seu trabalho nas ruas; afinal, desde o começo, ele sabe o que é ou não descartável.

15. Enxurrada seca

O menino descalço no telhado pergunta por sua cama à margem do rio. Sobre andares de concreto, acordo. Bebo água. Amanhece o menino sobre o telhado embaixo d'água. Tem que respirar. Todo dia. Um balde de água seca sobre mim sobre o concreto sobre quem se curva. Eu, você, o menino. Curva-se à água com receio da falta, sem perder o medo da chuva... Todo dia.

16. Bandos, gaivotas e bem-te-vis

Você, na rua entre os prédios, abafado, conversa com 2, 3 pessoas. Final da tarde. Acima, 7 gaivotas deslizam à direta. Mais 4, 3... Voam até a orla e planam no mar. Não é possível ver ele de onde você está. Hora da janta. Você verifica as chamadas, confere as horas, ajeita o relógio sobre o pulso, seca o suor da testa com a palma da mão. Olha para baixo, a faixa de segurança. Você não as vê, as gaivotas.

Você, pela calçada, perto do horário do almoço. Dois bem-te-vis, bem ali, conversam. O seu ombro esquerdo, sozinho, segura a alça da mochila. Ela desce pela cervical e joga o peso na lombar. Parece tão difícil andar assim. Você só olha para o chão, fones de ouvido. Na árvore à direita, um bem-te-vi canta; na cerca que fecha o edifício à esquerda, o outro responde. Ou será a outra? De qualquer forma, você não ouve o bem-te-vi ele, nem o bem-te-vi ela.

O outro lado do oceano também tem gaivotas. Mas mais para dentro, um bando. Um bando de... Um bando de... de... Um bando! Você o vê, e ele já está muito perto. Você foge. Prefere correr, pois, se ficar, não come.

Você, do bando, foge para outra língua e é recebido pelo som bem-te-vi, que ainda não te traduziram. Infelizmente. Você se esconde, procura, porém, trabalho. Encontra num mercado de bairro. Na porta, um garoto olha para o outro lado da rua, a calçada do bem-te-vi. Ele contempla o vazio. O bem-te-vi-ele-ou-ela ainda canta para a bem-te-vi-ela-ou-ele. Mas o garoto escorregou o tempo: esperou uma chuva forte para ela se abrigar na marquise do mercado; esperou o peso dos livros rasgar a mochila para oferecer ajuda; esperou ela, da calçada dos bem-te-vis, caminhar sem o fone de ouvido. Esperou o trivial. O covarde foi ele, você, do bando, fugiu. É coragem!

Você, da calçada dos bem-te-vis, foi para o lado as gaivotas, à direita, planar, na praia. O alvo delas, para você, o novo. O novo voo que não tem no caminho do colégio, a calçada. O novo plano para a fome, o peixe. Você um dia aprenderá a planar. Por enquanto, férias, quando se veem gaivotas. O cara que passa por aí todos os dias não as vê. Ele fica na sala fechada, ar-condicionado. Verifica as chamadas e as horas.

O das gaivotas, você, foi, sem a carona delas, obrigado a cruzar o oceano. Dizem que lá tem um bando. Você não o vê, só os que correm. Eles se assustam quanto te enxergam. Suas horas ali destroem. Você enganou-se, pensava que soubesse ser o que fosse. Mas, talvez, seja você o bando. O bando que faz fugir quem quer ser bem-te-vi.

Em dois segundos, uma gaivota mergulha e volta a subir com um peixe na boca. E, você, que não ouviu os bem-te-vis, agora quer, voar.

17. Monólogo de quatro pernas

Oi, eu sou uma mesa. É bom dizer já de uma vez, antes que você tente adivinhar achando que é um conto que cria uma expectativa, depois quebra, e toda aquela coisa. E antes também que você fique esperando um conto erótico, por causa das quatro pernas e tal... Mas não. Sou uma mesa mesmo. De madeira. Fria. Seca. E apática. Não que eu queira ser diferente!

A única coisa que me faz parecer com humanos é a tal da perna. E os papéis também. A propósito, estou com três pilhas no canto esquerdo. Uma delas já tem 20 anos. Tenho um tapete também. Bem embaixo, preso nas pernas. Mas isso não me aproxima dos humanos. Odeio tapetes! Se tivessem ao menos alguma utilidade para além de servir pra tropeçar e pra acumular pó... Falando em pó, dá uma olhada nisso aqui! Em cima de duas pilhas, uma camada de pó. Se eu tivesse dedos escreveria meu nome. Ou faria uma carinha e escreveria ao lado "me limpe", ou melhor, "me leia". A primeira pilha não tem, porque alguém acabou de abastecê-la: duas cópias encadernadas para "o dia quando eu for ler". Ahã... A vai!

Também nem tenho nome. Só sei que não me jogaram fora ainda porque sou feita de uma tal de imbuia-que-hoje-em-dia-não-se-acha-mais. E isso me dá ao luxo de uma camada de lustra-móveis uma vez por mês. Que, a propósito, fede a lavanda. Odeio lavanda! Parece que pra uma coisa ficar limpa, ela tem que feder a lavanda. Quem gosta de lavanda é sabonete, quem gosta de sabonete é bunda, quem gosta de bunda é cadeira! Não eu! Que mania! Que nem eucalipto. Tá na moda agora. Todo mundo planta eucalipto. Já que ninguém acha mais a tal da imbuia, vamos plantar eucalipto. E dizem ainda que tão reflorestando. Tão na verdade deixando o mundo com cheiro de sauna. Aliás, o mundo fica uma sauna. Culpa do aquecimento global... Uma pinóia! Culpa do eucalipto! Como assim o que que é pinóia? Sei lá. Tem que saber? Sou uma mesa. Não falo palavrão, eu falo pinóia, carr-v-valho! Deve ter algum livro ali por cima que explique isso aí. Aliás, no meio da terceira pilha tem um livro que alguém acha que perdeu há 15 anos.

Os outros livros que estão aqui em cima são os que estou-usando-mas-nunca-abro. Os outros estão na estante. Os mais altos são os-importantes-que-ninguém-mais-leu. Mais abaixo estão os-que-um-dia-alguém-vai-ler. O porta-retratos também foi pra estante. Geralmente ficava aqui no canto direito. Foto dos filhos. Umas gracinhas! Conheci primeiro a bunda deles. Sentavam em mim e apoiavam os pés nas cadeiras. Depois conheci os pés. É que quando cresceram acharam melhor inverter: as bundas nas cadeiras e os pés apoiados em mim.

Acho que ainda tem uma cópia dos documentos deles naquela pasta de papelão amarela no meio da segunda pilha. Foram guardados ali por engano. Faz tempo que não abrem. Talvez nem lembram que ela existe. O elástico já perdeu o elástico. E tem tanta coisa lá dentro que o tamanho é dez vezes maior. Tanto que essa pasta tá dentro de outra. Pra que que fazem pasta tão vagabunda!

Mas, enfim, vou direto ao ponto para não perdermos mais tempo do que se perde papel por aqui. O que te conto aconteceu bem no dia em que puseram mais três encadernações na última pilha. Com espiral do mesmo lado ainda. Só pra fazer nó. Depois dos volumes dos papeis, os cotovelos. Duas pontas pesadas, mas que mal faziam cócegas no tampo. Uma das mãos segurava a cabeça projetada para frente pela inclinação da cervical. Eu atraio cervicais. Enquanto a cadeira entorta a lombar. Dou risada quando dizem que a cervical torta é o mal do século XXI. Os celulares são os grandes culpados. Bobagem! São os papéis que pesam nas colunas. E disso eu entendo bem! A outra mão começou a batucar: mindinho-anelar-médio-indicador. Uma sequência perfeita irritantemente compassada. Não resisti. Comi. Comecei pelos pés. Sem pressa nenhuma... A carne. Tranquilamente, degustei cada osso. Os tortos me deram mais trabalho. Mas não perdi a paciência. (Como se a tivesse... Sou uma mesa, lembra?) Chupei cada vértebra. Que banquete! Roí até o que restava das unhas. Sim, comi uma pessoa! Nua, sem os seus papeis...

Duas folhas voaram com o pedaço de vento que entrava por uma fresta da janela. Obviedade! Toda janela velha tem fresta. Alguém passou, ajuntou, e jogou em cima de uma das pilhas. Tava tudo normal.

Ah! Já ia esquecendo... Mas nem sei se te interessa saber. Algo irrelevante, talvez. Vomitei os cabelos... No tapete. E algumas palavras também... Unicamente indigestas.

18. *Piano piano*

Era uma casa daquelas cuja esquina dobra alguns de seus cômodos. Em frente, uma rua há tempos asfaltada cruza um calçamento que, por teimosia saudosista, permanece com a mesma roupa. Nas paredes, por fora, crescem rachaduras sob a tinta desbotada, enquanto tijolos aos poucos espiam. Uma das colunas guarda marcas de trepadeiras, sinal de que um dia lhe pintavam verdes.

O segundo andar sustenta três pequenas sacadas. Atrás de cada uma, duas portas de madeira, com tinta branca descascada. A primeira está com as tábuas, que ainda conservam os detalhes entalhados para também adornar a parede, quebradas, e a terceira é consumida vagarosamente pelas rachaduras.

Um morador de rua dorme embaixo da sacada do meio, de onde se observa o cair moroso dos pingos de uma goteira nos dias de chuva. Pelas manhãs, o edifício do outro lado da rua lhe oferece um pedaço de pão. Se não ele, a lanchonete – que era do pai, agora é do filho –, que fica na outra esquina, local de trabalho. Do lado, fica a padaria que faz o melhor pão do mundo. Pouca gente sabe disso. O pai sabia. O filho, agora, talvez saiba, e o filho do filho, que passa por aqui de vez em quando; ou qualquer distraído que pare ali comprar o melhor pão do mundo pode ficar sabendo também.

Um vestido costumava fumar na sacada do meio. Três vezes por semana. As portas se abriam enquanto um piano conservava a noite. A fumaça do cigarro acompanhava o movimento do vestido, que não resistia ao vento. A rua parava para assistir, numa contemplação em lamentos dada a altura que dava ao cigarro a exclusividade dos lábios de batom vermelho. Após as últimas cinzas tocarem o chão, a rua voltava a andar.

O piano encosta-se, agora, no canto da sala, imóvel. Tem artrose. Não toca. Ou melhor, só uma nota ressoa continuamente, rouca, desafinada. É um mi agudo, que ficou para sempre apertado. Durante o dia, é silvo camuflado pela cidade sinfônica, à noite, é assobio que faz coro a outros noturnos.

Eu entro. O assoalho e as tábuas da escada rangem cada um em sua cadência. O corrimão pende para o lado. Tudo está limpo, nem uma teia de aranha. Alguém morou ali, recentemente. Na grande sala do segundo andar sou recebido pelo mi agudo. Lá está, o piano, o único pintado por uma camada grossa de poeira. Abro o compartimento das teclas. O pano que as cobre está intacto. Não espirro. Sento-me e meus dedos espalham outra cor entre as teclas brancas e pretas. A resistência delas, porém, me faz pressioná-las com violência. Tiro daí uma música, outra, sonata, sinfonia, ópera, pop, tarantela, concerto, quatro estações, som do silêncio... Qualquer tom no desejo de me livrar daquele mi. Cansados, ofegantes, corpos doloridos, caímos um ao lado do outro esperando tudo ruir...

Levanto com o pigarro de uma campainha. Visto a calça. São os carregadores do antiquário que vêm recolher os móveis. A casa esvazia-se como um balão que escapa das mãos de quem o encheu. Alguns móveis devem ser alçados por fora, passando pelas portas da sacada do meio. Mas o piano não tem saída. Tem que ser desmontado ali mesmo.

Pego as chaves, lacro tudo e penduro o "vende-se". Na esquina, ainda sinto o mi agudo. Do bar, do outro lado da rua de calçamento, é possível ver alguém fechando negócio, alguém que derrubará tudo, seguindo a deixa das rachaduras, alguém que, no lugar, colocará qualquer coisa de vidro, sem sacadas, que desviará o olhar de fora para dentro.

19. Camadas

A primeira era de molho vermelho. À menina, não negava esse conforto, coberto por uma folha de massa aquecida. O telefone de disco ficava enganchado na prateleira mais alta. À menina, negava a transformação do objeto em descoberta. "O 1 é magrinho, faz a volta curtinha. O 9 é gordão, faz a volta redondona." Esperta! Já tinha associado a medida da força do dedinho indicador – que mal preenchia os círculos – ao tamanho dos números. Insistente! Repetia a pergunta: Por que no telefone o 0 vem depois do 9?

O sem fio, agora, ela podia deixar ao lado da pia, para atender o "se acontecer alguma coisa", enquanto desfiava o frango. Orgulhava-se por guardar o segredo do recheio, por saber sempre o que deveria cobrir com a folha da massa. À menina, à noite, lhe estendia o cobertor e uma xícara de chá.

O primeiro celular foi daqueles que tinha que abrir para atender. Comprou para o "saber onde estava". Dava pra uma troca de palavras. Sem misturar conversas. Na folha da massa que cobria o recheio, espalhava o molho branco. Cuidado preciso. Tudo, porém, perdia seu lugar quando a menina vinha comer: na desordem das camadas, juntava vermelho e branco, outro sabor, que só ela gostava.

Para ralar o queijo, tinha que ter força. Peças firmes, sabor mais acentuado – a cobertura de todo o prato. Não era o queijo debaixo, que fazia fios quando servia, do que outrora a menina ria. Olhou para ela, esperando o riso que sumiu, camada que a rede firme cobriu. Era o tempo de cortar fio...

Nos minutos para assar, rolou a tela do celular sem botão, aquele que pouco se atende. "Por que ela não troca essa foto?!" Sabe que a menina precisa do chá. Tava longe... Teve vontade de perguntar "Tem ainda chá?", sem se dar conta de que se mandasse a figurinha de uma xícara, iria parecer mais simpática.

Esqueceu a resposta do forno naquela noite, naquelas noites em que não vieram as respostas do chá, em que os frangos não foram desfiados, em que os tomates não viraram molhos a serem misturados, em que as folhas de massa não cobriram, em que se alimentou de cadeira vazia...

Combinou quaisquer outros ingredientes. Inventou seu prato. De sabor, diferente. E não teve vontade de guardar o segredo.

Assim talvez pudesse, seja lá onde ela estivesse, convidá-la para jantar. Deu a volta grande do 9 gordo, a curtinha do 1 magrinho, girou o 6 que tinha uma volta de topete... percebendo que nunca soube responder por que, no telefone, o 0 vem depois do 9.

20. Moldura

O pequeno salto da bota ecoa compassado em passadas apressadas pelo corredor. As portas das salas de aula fechadas enquadram o silêncio. Do vão de entrada do banheiro, um funcionário da limpeza desabafa um assobio com a agudeza das primeiras notas do hino nacional, que corta os passos ritmados. Sem notar a rima forçada, ela sente um arrepio. A porta da sala centenária está entreaberta. Empurra com os dedos finos a madeira nobre: era uma solenidade rotineira de que participaria, naquela sala de homenagens, em que se tomam decisões.

A sala de casa tinha uma janela lateral, com cortinas lavadas a zelo todo ano, antes do Natal. De tecido fino e áspero, ficavam entreabertas para que o sol apenas entrasse em fios. Seis horas da tarde, era hora de fechar a janela, para que o tempo não entrasse em frio. A menina tomava essa tarefa como sua. Inclinava-se sobre o parapeito alto para libertar as venezianas dos soldadinhos que as seguravam o dia inteiro. Despedia-se deles sabendo que no dia seguinte estariam lá novamente. Com a esperança, porém, de que sorrissem.

Alcançar as venezianas era, sobretudo, uma missão de enfrentamento. Os dedos pequenos abriam uma fresta nas cortinas para que acomodassem precisamente apenas um olho. Era quando espiava a janela da casa vizinha, exibida em uma moldura de madeira escura, esculpida em ondas que terminavam em pontas agudas. Do cômodo de pouca luz, aparecia o busto: terno, pescoço engravatado, boca em risco quase sem lábios, cabelo com todos os fios ordenados e o olhar... olhar que a menina não descrevia; tentava, pois, desviar. Só fechava a janela quando o busto não estava mais lá.

Morava perto da escola. Ia a pé, tentando esconder-se do vento que brincava de lhe bagunçar os cabelos. Gostava de vento. Mas não antes de chegar na escola. Na entrada, era o olhar diretor do busto emoldurado da janela vizinha que julgava a disposição do uniforme, conforme. Até as meias! Até as meias deveriam concordar. Nos dias de chuva, a menina desviava aflita as poças de água que preenchiam seu caminho para a escola. Todos os alunos deveriam estar alinhados para o hino nacional de todas as manhãs. Enquanto imaginava o que seria o tal de Ovirundum Ipiranga, a menina, com o dedão do pé que se dobrava escondido ao ritmo do hino, tentava furar a ponta da meia – sua manifestação particular de rebeldia pela inspeção matinal. E, claro, pensava em apelidos para o diretor. Seu segredo.

Segredo que só contou aos soldadinhos tristes que seguravam a veneziana. Em um final de tarde, demorou-se no parapeito da janela, a conversar com aqueles pequenos rostos de uma única função. Não, não era uma conversa. Era um plano de ataque. Os soldadinhos estavam na altura certa para enfrentar o inimigo da janela vizinha. Poderiam atacar o Ovirudum Ipiranga assim que seu busto aparecesse. Depois que contou sua ideia, os soldadinhos continuaram sem sorriso. A menina então percebeu que precisava de outro plano.

Jogou o celular dentro da bolsa, com um nervosismo que lhe pesava os olhos. O dedo leve, sustentando um anel envolvente, havia lhe revelado, no rolar da tela emoldurada, o perfil limitado pelo colarinho engomado, a gravata, os cabelos ordenados, o risco da boca e o olhar... olhar diretor que se multiplicava no palácio de arquitetura moderna, em que se tomavam poderosas decisões. A semelhança com o busto do diretor vizinho lhe trouxe a memória do medo da infância, do qual achava que havia se livrado há anos.

Era um dia em que ventava muito. A menina não conseguia se esconder. Deixou-se bagunçar e de repente sentiu o prazer de caminhar contra o vento. Correu. Chegou na escola descabelada, com o casaco amassado e com uma meia mais alta do que a outra. Encarou, pela primeira vez, o olhar diretor, o qual ordenou que se recompusesse para o momento do hino. Não foi o bastante. Enquanto embalava o dedão do pé no furo da meia, parodiou a letra; na hora do recreio, pulou a janela da sala de aula, para chegar antes no pátio; subiu na árvore mais alta e quebrou o silêncio em um Ovirundum Ipiranga, seu brado retumbante. Árvores não têm moldura.

No caminho de volta, pulou em todas as poças, saltando respingos. Chegou em casa com as meias sujas de passos enchuvarados e com um bilhete para a mãe que dizia alguma coisa sobre mau comportamento. Não quis fechar as venezianas naquele dia.

Anos depois, redescobre o busto do diretor a lhe observar da janelinha na placa de madeira que enquadra os homenageados, na sala de tomar decisões. Uma incoerência do lugar, que até agora lhe permite ensinar aos seus alunos o prazer de caminhar contra o vento. Duraria quanto? O celular vibra a bolsa, que segura colada ao lado do corpo, com as fotos dos perfis engravatados no palácio de arquitetura moderna. Insegura.

O eco dos saltos da bota preenche o corredor vazio. Ela volta a dobrar o dedão do pé. Sente, porém, que não está de bota. Lembra de sua preferência por calçados macios, de passadas confortáveis. De onde vêm as batidas compassadas? São marteladas de reformas. Ela corre. Contra o ritmo, contra o vento. Rouba um martelo; quebra o vidro da foto do olhar diretor; quebra a trava da porta de madeira nobre; quebra o gesso da reforma uniforme; quebra a sua veneziana em que guarda seu medo, o medo de sair emoldurada dos lugares em que se tomam decisões.

As salas de aula estão cheias, de portas abertas, um alívio.

21. *Bia*

De cabeça encostada no vidro e cotovelo em apoio improvisado, incluía em seu trajeto para casa trajetórias narradas. Leitora de biografias, era à noite, após as aulas, que perseguia os passos alheios enquanto os seus motorizavam-se em ônibus. Terminava a leitura às avessas: de cabeça no braço do sofá, cotovelo almofadado no encosto e os pés repousados no acento.

Mas não, não... Não terminava! E não era sono o motivo. Era a escolha da leitora não chegar ao final das biografias. Na decadência da carreira, nos boatos do sumiço, nos primeiros sintomas, nas homenagens... interrompia. Interrompia e os um ou dois capítulos finais que sobravam destacava. Tirava do livro, com a cautela para que seus olhos não suspirassem os últimos traços. Perfurava uma das bordas e costurava as páginas.

Assim guardava as mortes não lidas do artista incompreendido, da escritora silenciada, do vocalista entorpecido, da compositora consagrada, do cientista precoce, do político polêmico, da esportista recordista, do aventureiro pioneiro, da rainha louca... A da vez era a do pintor de reconhecimento póstumo. Sonora palavra que ecoa pós. Preferiu não saber o que passou o artista à postimidade. Emudeceu-se na contemplação das imagens que, em vida, ele descrevia a pinceladas: corpos, corpos tortos, curvos, em movimento, corpos disformes, nus, coloridos, neutros, secos, quentes. Por que ver o fim?

Tinha o prazer curioso sobre os comos e quandos dos passos acesos. Não lia, porém, biografados ainda vivos. Não estavam completos para serem narrados. Também não gostava das biografias que começavam pela morte, o não da vida nas primeiras páginas encerra a leitura. Antes de comprar um livro novo, percorria o primeiro capítulo com medo do começo invertido. Que nem filme, diziam, sinal de estilo. Forçada palavra que desrima o brilho. Cinema é cinema. Biografia é pessoa.

Também buscava uma pessoa. Uma pista talvez estivesse no relatório que apoiou no colo enquanto o tremer das mãos superava a vibração do ônibus pelo caminho esburacado. Era uma comissão que assinava. Já havia lido as páginas dos que procuraram na história os opositores, dos que relataram na imprensa os desaparecidos, dos que investigaram nos departamentos os vagabundos, dos que arquivavam em caixas oficiais os subversivos. Agora era de uma comissão que misturava tudo. Trinta possíveis identidades. Menos os corpos. Não havia corpos; não havia tortos, curvos, em movimento, disformes, nus, coloridos, neutros, secos, quentes. Só havia ecos. Ecos de porão em epitáfios. Lhe ecoavam os gritos do pai, frios e úmidos, os gemidos, a pele estalada. Eram os anos dos AIs, que lhe transformaram a imagem do pai em ruídos de corpo ausente diante dos uniformes.

Pesada palavra de significado disforme. O menino estava de uniforme; aluno do oitavo ano; a caminho da escola, naquele dia; um tiro também uniformizado no menino, no caminho; ele gostava de contar, em números, enquanto ela insistia para que também contasse em palavras; ele estava de uniforme naquele dia; não chegou na escola; de uniforme, o menino. Ela viu de perto o repentino último capítulo que impediu a escrita de outros. Lhe roubaram o tempo de contar. Só virou notícia. Notícia não consola, não tem vida.

Refugiou-se na história da atriz que, menina, fugia de casa para ver o circo, e, jovem, fugiu de casa para fazer teatro. Os personagens da carreira, vidas equilibristas em palcos, estavam descritos em sequência de tempos e prêmios, em dois volumes. Prêmios por viver outras vidas, representadas até o final. Final, último capítulo não lido.

Invejou a atriz. A atriz que foi a bailarina, a sambista, a apaixonada, a mulher empresária, a deusa grega, a camponesa... Que foi várias em si. Invejava, pois ela mesma, mera leitora dos papéis dos outros, pisava em seus próprios passos passados apagados e presentes repetidos. Buscava, assim, com as narrativas lidas, as vidas que não tinha em vida. A sua, agora, se abria no tempo de contar as páginas. De revelar os sintomas. De ler a resenha médica.

De costas retas no acento do ônibus, pés colados no chão, a cabeça e as mãos se sustentavam na atenção às buzinas, aos velocímetros, às curvas. Barulho! Os tiros, os gritos, os gemidos, os epitáfios. O freio! Medo. Medo da freada que iria compor seus próprios capítulos finais. Atropelou o portão de casa e ultrapassou a escada, desviou do sofá; se esparramou acelerada sobre as páginas costuradas se entupindo de finais; consumiu a overdose, o enforcamento, a imunodeficiência adquirida; perseguiu o assassinato, o acidente, o suicídio; encontrou a morte, a morte sentida, a morte interrompida, a morte assistida, a morte vivida.

Recompôs seu caderno de capítulos finais. Em anexo: um relatório, um recorte de jornal e um diagnóstico.

Palavra assustada que engana o óbvio.

De cabeça inclinada ao peso do sorriso sereno, cotovelos firmes sustentando a palma da mão que acomoda o queixo, ela concede entrevista no dia do lançamento. Foram dez estudantes, oito jornalistas, um diretor de teatro, uma redatora, cinco professores, quatro atores e um músico. O pai era o músico. Sem corpos, mas agora com memórias.

Memórias tortas, curvas, em movimento, disformes, nuas, coloridas, neutras, secas, quentes... Em vários papeis. Para cada um, ela escreveu histórias, que sabia, que alguém contou, que foram registradas, que foram inventadas, que aconteceriam. Contou em números e palavras, e lhes encaminhou para além dos últimos capítulos, para fora dos porões.

Assina como Bia.

Na dedicatória, o menino de uniforme. Na epígrafe, o que lembrava de um filósofo: Escrever a vida ... Inacabamento. E escreveu.

Epílogo

Nas flores, deu o melhor dos seus galhos

Denise Miotto Mazocco possui graduação em Letras e História. Recentemente, concluiu o doutorado em Estudos Linguísticos (UFPR), desenvolvendo pesquisa sobre tempo e Aquisição de Linguagem. A publicação de textos literários começou aos poucos, com o blog prosadomingueira.wordpress.com, em que divulga seus contos e crônicas. Estreou na literatura infantil, em 2019, com o livro Primeiro Voo, e lançou em 2020 o segundo livro Peças e Pensarias.